AF463325

7126

LE

GÉNÉRAL OUDINOT

DUC DE REGGIO

PAR

M. THÉODORE ANNE

ANCIEN GARDE-DU-CORPS DU ROI, COMPAGNIE DE NOAILLES

PARIS

IMPRIMERIE DE L. TINTERLIN ET Ce

3, RUE NEUVE-DES-BONS-ENFANTS, 3

1863

L27
n

LE
GÉNÉRAL OUDINOT
DUC DE REGGIO

Ln 27 17106

IMPR.

LE GÉNÉRAL OUDINOT

DUC DE REGGIO

PAR

M. THÉODORE ANNE

ANCIEN GARDE-DU-CORPS DU ROI, COMPAGNIE DE NOAILLES

PARIS
IMPRIMERIE DE L. TINTERLIN ET Cᵉ
3, RUE NEUVE-DES-BONS-ENFANTS, 3

1863

Lorsque, il y a seize ans tout à l'heure, nous racontions, à l'occasion de la mort du maréchal Oudinot, duc de Reggio, la vie si pleine et si héroïque de celui qui reçut le surnom de *Bayard moderne*, nous étions loin de penser que nous aurions plus tard à compléter, par le récit des exploits du fils, le travail que nous avions commencé par le récit des exploits du père. La mort a fait son œuvre, quand rien ne laissait pressentir son approche, et elle a frappé brusquement celui auquel on pouvait croire que de longs jours étaient encore réservés. Mais si elle l'a enlevé à sa famille, à ses amis, à la France qui était fière de sa gloire, elle n'a pu le prendre tout entier, car il est de ces hommes que Dieu fait immortels par le souvenir, et qu'il lègue à l'histoire comme un exemple destiné à enfanter le dévouement et à perpétuer l'honneur.

Nicolas-Charles-Victor Oudinot était né à Bar, le 3 novembre 1791. Il n'avait pas tout à fait huit ans lorsque son père, voulant l'initier de bonne heure aux privations et aux fatigues de la guerre, lui fit faire avec lui la campagne de 1799, et le plaça comme volontaire dans les guides de Masséna, suivant en cela la coutume de l'ancienne noblesse militaire, qui amenait ses enfants sur le champ de bataille pour leur donner le baptême du feu, et, après cette épreuve, les renvoyait au collége pour achever leurs études. Page de Napoléon à quatorze ans (1805), premier page en 1809, il devint, dans la même année, lieutenant au 5ᵉ hussards. Aide de camp de Masséna en 1810 et 1811, il fit les campagnes d'Espagne et de Portugal avec distinction, et le 7 septembre 1811, il entrait avec son grade de lieutenant (rang de capitaine) dans les chasseurs de la garde impériale. Capitaine au même corps (rang de chef d'escadron) le 27 janvier 1812, il faisait en cette qualité la glorieuse et désastreuse campagne de Russie. Quinze jours avant cette promotion (13 janvier), il avait obtenu la croix de la Légion d'honneur, décoration alors fort rare et par cela même très-recherchée.

A la retraite de Russie, il se trouvait avec son père au village de Plechnitsouï, où le maréchal, suivi d'une trentaine d'hommes, et blessé comme toujours, s'était arrêté. Trois cents cosaques chargent tout à coup. Victor Oudinot et le colonel Jacqueminot organisent un peloton et se ruent sur l'ennemi, qui ne peut croire d'abord à cet héroïsme d'un contre dix. Mais la lutte continue. On parvient à transporter le maréchal dans une maison palissadée où l'on se barricade et où le maréchal est atteint d'une troisième blessure. C'était la lutte de Charles XII à Bender, mais Charles XII n'avait pas pour le défendre l'amour et le dévouement d'un fils. On se battit toute la journée, et à la nuit l'arrivée de Junot dispersa l'ennemi. Victor Oudinot, dans cette journée, mérita qu'on dît de lui : *Qualis pater, talis filius !*

Tandis que le maréchal regagnait forcément la France, son fils restait à son poste, et si Victor Oudinot avait sauvé son père en Russie, le nom de son père le sauva en Prusse. Arrêté avec le comte de Thermes par une population furieuse, à qui la défaite de nos armes permettait de venger ses anciennes injures, en butte aux menaces et aux brutalités de ces hommes égarés, le nom d'*Oudinot*, prononcé au hasard, apaisa comme par enchantement cet orage. Dès qu'on sut que l'un de ces officiers était le fils de l'illustre et vénéré maréchal, toutes les colères se calmèrent, toutes les têtes se découvrirent, et ces ennemis si exaltés furent les premiers à procurer à ces officiers les moyens de continuer leur route avec sécurité. Heureux exemple d'une reconnaissance bien rare (1) !

En 1813, à Leipsig, Victor Oudinot, à la tête de son escadron, exécuta plusieurs charges avec un plein succès, et quoique atteint au pied par un biscaïen, il resta à son poste jusqu'à la fin de la journée, et ne voulut donner de soin à sa blessure qu'après cette première bataille finie.

(1) *Histoire du maréchal Oudinot, duc de Reggio*, par Jules Nollet (Fabert). 1 vol. in-8°. p. 175 et 176.

A Hanau, il força un bataillon autrichien à se rendre à discrétion, reprit six pièces de la garde, un instant tombées au pouvoir de l'ennemi, et reçut pour ce fait la croix d'officier.

A Montmirail, en 1814, il fut lancé contre un bataillon autrichien, auquel, en un instant, il fit mettre bas les armes, et obtint pour ce nouveau fait la croix de la Réunion, son grade ne lui permettant pas de franchir un nouveau degré dans la Légion d'honneur. A Craone, atteint d'une balle à la cuisse, blessure qui sembla d'abord devoir nécessiter l'amputation, il fut privé de l'honneur de finir la campagne. Napoléon, le 1er avril, le nomma chef d'escadron (rang de major, aujourd'hui lieutenant-colonel), toujours dans les chasseurs de la garde, et le 8 avril, l'Empereur remit pour lui à son père, le brevet de colonel du 8e chasseurs. Cette nomination fut confirmée, le 27 avril, par MONSIEUR, comte d'Artois, lieutenant-général du royaume, qui, le même jour, l'appela au commandement du 25e dragons. Enfin, le 11 mai, Louis XVIII le nomma colonel du 1er hussards, dit hussards du Roi, et le 13 août, il lui donna la croix de Saint-Louis (1).

(1) En feuilletant pour ce travail un livre déjà cité, nous avons trouvé, et nous croyons devoir reproduire une anecdote assez curieuse, dans laquelle le comte Auguste Oudinot, sous les ordres duquel nous avons eu l'honneur de servir quand il était capitaine au 16e chasseurs, figure incidemment. Elle a son côté sérieux. En 1814, le maréchal Oudinot eut l'honneur de recevoir Mgr le duc de Berry à sa terre de Jean d'Heurs.

Après le déjeuner, une promenade sur l'eau fut organisée, et la

L'invasion de Napoléon au mois de mars 1815, fut un moment de rude épreuve pour l'armée. Il s'agissait de savoir qui l'emporterait du devoir ou des souvenirs de la reconnaissance. Victor Oudinot resta fidèle au devoir. Pendant les Cent-Jours il ne servit pas, quoiqu'il fût pénible pour un homme de son nom, d'entendre gronder le canon et de ne pas répondre à sa voix. Au retour du roi, il fut chargé de former et d'organiser le 4e régiment de hussards, dit hussards du Nord. Il conserva ce commandement pendant plus de six ans, fut nommé commandeur de la Légion d'honneur le 18 mai 1820, et passa le 12 juin 1822 au commandement du 1er grenadiers à cheval de la garde royale, puis fut appelé le 31 mars 1824 à commander une brigade au camp

petite rivière de Saulx fut couverte de barques... Après quelques évolutions, et lorsqu'on se trouvait au plus large et au plus profond de la rivière, par un bond imprévu, botté et serré dans son uniforme, le colonel Jacqueminot, aide de camp du maréchal, qui se trouvait dans la première barque avec le prince et quelques dames, sauta dans l'eau.

« Simultanément, le comte Auguste Oudinot, dans le brillant uniforme de chevau-léger, s'élança aussi de la barque suivante, où se trouvait son père. Ces deux intrépides officiers nagèrent dans cette eau glacée (on était au mois d'octobre), et firent de brillantes évolutions aux yeux du prince et des spectateurs qui n'avaient pas encore eu le temps de se remettre de leur surprise, lorsque tout à coup M. Jacqueminot s'écria d'une voix affaiblie : à moi la rame, je meurs ! Saisi d'épouvante, le prince se penche et atteint le collet de l'imprudent. Aidé de quelques autres personnes, il parvient à l'asseoir à ses côtés. Longtemps après, M. Jacqueminot, déjà éloigné de la branche aîné, proclamait partout qu'il devait la vie à M. le duc de Berry. » (*Histoire du maréchal Oudinot*, p. 205 et 206).

de Lunéville, emportant de ses anciens régiments deux épées d'honneur qui, au jour de ses obsèques, brillaient sur son cercueil, accompagnées de deux autres, dont nous parlerons plus tard ; les premières attestaient à la fois la gratitude et l'affection qu'il avait su inspirer ; les dernières étaient un glorieux témoignage des mêmes sentiments, et elles étaient en outre le symbole du triomphe d'une grande cause.

Deux mois après son élévation au trône, le 17 novembre 1824, le roi Charles X lui confia, sur la recommandation de monsieur le Dauphin, le commandement de l'école royale de cavalerie à Saumur qui, après le complot du général Berton, avait été licenciée. Il fallait un chef à la fois juste et sévère, capable, actif, intelligent, et nul ne convenait mieux à ce poste de confiance que Victor Oudinot.

Sous son impulsion féconde, l'école grandit en importance ; il donna à l'armée d'excellents instructeurs, qui propagèrent ses leçons dans nos régiments, et fut l'un des auteurs de cette ordonnance de 1829, qui constitue la théorie de l'arme de la cavalerie, ordonnance à laquelle on a pu apporter des modifications, mais dont les principales bases sont restées indestructibles, comme les ordonnances de Colbert, tant elles sont nettes, précises et appropriées à cette arme.

A la révolution de 1830, le général Oudinot, malgré les instances les plus vives qui lui furent faites, refusa de conserver le commandement qu'il devait aux bontés de M. le Dauphin, et le 11 août 1830, il adressa au général Gérard, ministre de la guerre, une lettre dans laquelle se trouvait le passage suivant :

« Conformément à vos ordres, je passerai l'inspection générale de l'école avant de quitter Saumur; mais, plein de respect pour de hautes infortunes, il ne peut me convenir de me perpétuer dans le poste dont je suis redevable au pouvoir qui m'avait revêtu de sa confiance. Je ne brise pas mon épée; j'espère même que le jour n'est pas éloigné où je pourrai m'en servir contre les ennemis du pays. »

Une circonstance douloureuse lui fit reprendre du service actif. A la fin de juin 1835, son frère, le comte Auguste Oudinot, colonel du 2e chasseurs d'Afrique, fut tué au combat de Muley-Ismaël, au moment où, à la tête d'un peloton, il mettait en déroute plus de douze cents Arabes, manœuvre de laquelle dépendait le salut de la colonne expéditionnaire.

Le général partit pour venger le frère qu'il pleurait. Commandant de la première brigade de la nouvelle colonne et mis à l'avant-garde, il culbuta l'ennemi qui fut obligé de prendre la fuite, en laissant à notre pouvoir une partie de son camp. Deux jours après, l'armée, composée de 9,000 hommes seulement, se trouva en présence de 30,000 Arabes, commandés par Abd-el-Kader en personne. Les Arabes furent mis en déroute, après une lutte acharnée, et le général Oudinot, la cuisse traversée d'une balle au moment où, à la tête de son avant-garde, il chassait l'ennemi de ses derniers retranchements, entra dans Mascara porté sur un brancard; lorsque l'on quitta Mascara, le maréchal Clausel ayant appris que, malgré sa blessure, le général Oudinot s'était fait remettre sur son cheval, lui confia le commandement de la division qu'il ramena en bon ordre à Mostaganem, non sans avoir été vivement harcelé par l'ennemi. Forcé de revenir en France pour se faire guérir de sa blessure, le général Oudinot, acclamé lieutenant-général sur le champ de bataille de l'Habra, par ses soldats, comme Villars avait été nommé maréchal par son armée, après la victoire de Fredelingen, fut promu à ce grade le 31 décembre 1835, et, chose remarquable, sur sa proposition, les généraux Lamoricière et Changarnier, qui faisaient partie de sa brigade, furent nommés, le même jour, le premier, lieutenant-colonel, et le second chef de bataillon.

Il fut inspecteur-général de cavalerie en 1839, 40, 42, 44, 45, 46, 47 et 48. Il n'accepta la première fois qu'à la condition de porter son cordon de Saint-Louis, tel qu'il l'avait reçu, c'est-à-dire avec les fleurs-de-lys, que le régime de juillet proscrivait alors. Il commanda le camp de Fontainebleau en 1840, et en 1842 celui de Lunéville. En 1842, l'arrondissement de Saumur, qui se souvenait avec reconnaissance de son passage à l'École de cavalerie, lui déféra les honneurs de la députation, et il fut réélu en 1846.

« Placé à la tête de l'armée des Alpes dès les premiers jours du gouvernement provisoire, le fils du héros de Friedland avait su maintenir, en dépit des excitations de cette triste époque, le plus pur sentiment militaire, dans ce grand rassemblement de troupes porté successivement de 30 à 60,000 hommes. Ce poste ayant dû échoir au maréchal Bugeaud, après l'élection du 10 décembre, le duc de Reggio, qui avait refusé le portefeuille de la guerre, vint reprendre sans bruit son poste de représentant, ne répondant aux bonnes grâces du nouveau président qu'en lui demandant de penser à lui s'il s'agissait jamais de quelque expédition (1). »

De plus hautes destinées, suivies d'une épreuve douloureuse, lui étaient réservées, et en avril 1849, il reçut le commandement en chef de l'armée d'Italie. Il fut chargé d'aller combattre la démagogie triomphante à Rome, et de restaurer le trône du saint Pontife que la révolution avait violemment chassé. C'est là que nous allons le retrouver aux prises avec d'inextricables difficultés, et les surmontant avec un calme, un talent et une intrépidité qui doublèrent la grandeur de ces opérations.

L'expédition de Rome devait tenter tout général amoureux de la gloire et de la renommée, mais elle devait satisfaire plus encore un homme qui, comme Victor Oudinot, unissait aux talents militaires un esprit distingué et qui comprenait sur quelles bases

(1) *Histoire de l'Expédition de Rome*, par Léopold Gaillard, p. 161 et 162.

nécessaires et indestructibles était assis le trône pontifical. A la suite d'un voyage qu'il avait fait pour connaître la péninsule italienne, sans se douter qu'un jour il serait appelé à y jouer un rôle important, le général Oudinot publia en 1835 un volume in-8° intitulé : *De l'Italie et de ses Forces militaires*; et voici ce qu'il disait du gouvernement romain à une époque où la révolution de juillet avait réveillé les passions. Le général établit la différence qui existait entre Rome et les Légations, Rome qui avait perdu son indépendance, sa grandeur, sa richesse, son influence, par le passage momentané de la domination napoléonienne, et les Légations dont au contraire l'ambition avait été excitée par les débouchés que cette domination leur avait ouverts. D'un mot il avait caractérisé la situation actuelle, en parlant des regrets qu'avait laissés le souvenir du *royaume d'Italie, un nom illusoire dans son application*, et il disait à propos du gouvernement pontifical :

« Dans un moment de crise générale ou d'agitations causées par un désir illimité de liberté ; lorsque les républiques américaines elles-mêmes sentent le besoin d'avoir des militaires pour présidents ; quand les souverains de l'Europe semblent tenir la main sur la garde de leur épée, un Pontife électif, essentiellement étranger par état, ainsi que tous ses principaux agents, au maniement des armes, un Pontife électif, dis-je, a besoin d'une grande habileté pour comprimer les mouvements d'une population aussi turbulente que celle des Légations. La situation du gouvernement papal est donc grave, difficile ; toutefois, n'oublions pas que ce gouvernement ayant, par sa nature même, quelque chose d'exceptionnel, trouve dans l'élément religieux un élément d'ordre qui fait sa vitalité et qui produit des phénomènes. Ainsi, la monarchie pontificale est la seule de l'Europe qui puisse, de nos jours, supporter le principe de la souveraineté élective sans guerre civile et même sans discorde. Le pouvoir du Saint-Père semble être illimité ; car il s'étend du temporel jusqu'au spirituel et cumule les pouvoirs les plus étendus. Cependant le Pape, loin d'en abuser, use de ses droits avec une grande modération, et laisse, en réalité, le pouvoir à l'aristocratie qui entoure son trône ; mais cette aristocratie est elle-même viagère et ouvre sans cesse ses rangs à une démocratie qui, par les couvents, les prédications, les sciences ou le talent, parvient souvent dès dernières classes aux plus hautes dignités, et quelquefois au rang suprême. Enfin ce n'est pas une des moindres particularités de ce gouvernement, d'intéresser à son pouvoir temporel jusqu'aux puissances ennemies de son autorité spirituelle, et de trouver dans sa faiblesse même le principe de sa force et de sa conservation (1). »

Le général Oudinot était donc l'homme de la situation. Par son nom, il rappelait son héroïque père, toujours glorieux, toujours blessé, cet autre Bant-

(1) Pages 120 et 121.

zau, duquel on pouvait dire, comme du premier :

Et Mars ne lui laissa rien d'entier que le cœur.

Par lui-même, il avait le baptême des champs de bataille de l'Empire, celui des champs de bataille de l'Afrique, une droiture héréditaire, un sang-froid, une bravoure et une intelligence unanimement reconnus. et avec lui le soldat, qui puise la moitié de sa force dans la confiance que son chef lui inspire, ne doutait pas du succès.

C'est le 25 avril 1849 que le général Oudinot parut devant Civita-Vecchia et débarqua dans ce port. Il se dirigea sur-le-champ sur Rome, où des renseignements particuliers lui faisaient croire qu'il serait reçu sans résistance. Ce n'était pas seulement au camp que l'on avait cette croyance; on l'avait à Paris, ainsi que le prouve une lettre que nous citerons. Ces ouvertures cachaient un piége. Le général n'avait avec lui que six mille hommes et deux pièces d'artillerie. Le triumvirat romain espérait qu'un échec éprouvé par l'armée française pèserait sur l'opinion publique et donnerait un point d'appui aux orateurs de la gauche, lesquels protégeaient le drapeau de la république de Rome contre le drapeau de la république de France, et sympathisaient avec les barricadeurs romains qui, embusqués derrière des fenêtres ou des barricades, tiraient sur nos soldats marchant froidement et la poitrine découverte.

C'est par la trahison que les Romains débutèrent

et conquirent ce qu'ils regardèrent comme un trophée. Le commandant Picard, du 20e, officier plein d'ardeur et de mérite, voulant concourir à dégager la brigade Levaillant, qu'une fausse direction avait conduite dans un chemin creux qu'enfilaient les feux du saillant, avait pris sur lui de tenter une diversion du côté de la porte Saint-Pancrace. « Il y avait occupé, en effet, sous les remparts, une forte position d'où l'ennemi ne put le déloger ; mais, le soir, la canonnade s'étant ralentie, puis ayant cessé sur toute la ligne, le commandant Picard vit venir à lui une foule sans armes agitant des mouchoirs blancs en guise de drapeau parlementaire, et criant : *La pace!. la pace! siamo fratelli!* Le commandant, ne doutant pas que la ville nous eût été livrée et que l'accord ne fût fait avec les habitants, se laissa persuader de venir dans la place même s'entendre avec le ministre de la guerre, Avezzana. Peu après son départ, les soldats, abusés comme leur chef, rompaient leurs rangs et suivaient leurs nouveaux amis qui, à peine la porte Saint-Pancrace franchie, les désarmèrent et les promenèrent dans les rues au milieu des huées (1). »

Voilà ce que les Romains appelaient une victoire.

A la trahison succédait une tentative ou du moins une pensée d'assassinat. Un individu, au costume moitié militaire, moitié monacal, fut arrêté dans le camp, où il cherchait à faire de l'embauchage au profit des Romains. Il déclara se nommer le Père Gavazzi, être

(1) *Idem*, p. 179.

BIBLIOTHÈQUE IMPÉRIALE

aumônier de Garibaldi, et il avoua, en montrant le poignard fixé à sa ceinture, qu'il était venu pour frapper le général Oudinot, qui, soldat de la République française, avait osé combattre les républicains de Rome. Le général contint ses soldats irrités. Il se contenta de renvoyer ce fou démagogique à Rome, avec une lettre pour les triumvirs, dans laquelle il réclamait les Français arrêtés, menaçant, en cas de refus, d'user de rigueur envers les prisonniers tombés en son pouvoir et envers la garnison de Civita-Vecchia qu'il avait fait désarmer. Les prisonniers, qui avaient résisté aux mauvais traitements et aux séductions, furent immédiatement rendus, et le général crut devoir, de son côté, renvoyer à Rome le bataillon bolonais de Mellara (1).

Ce fait bien simple, qui était une honte pour la République de Rome, fut exploité à la tribune française par les amis de la démagogie, et M. Ledru-Rollin ayant parlé d'un drapeau pris par l'ennemi, s'attira cette verte réponse du brave général Leflô, réponse à laquelle la majorité s'associa avec enthousiasme : « Vous l'avez dit, et vous saviez bien le contraire. Vous auriez dû penser que cela était impossible. Ce ne sont pas seulement quelques soldats, ce seraient des régiments entiers qui seraient morts avant que leur drapeau tombât aux mains de l'ennemi. » Et M. de Tracy, ministre de la marine, disait de son côté : « Je ne puis concevoir que l'on raisonne froidement pour savoir de quel

(1) *Idem*, pp. 183 et 184.

côté est le bon droit, lorsque le sang de nos soldats fume. »

La lettre suivante du Président de la République explique le mouvement du général Oudinot sur Rome. Elle fait justice des reproches que les citoyens romains de Paris lui adressaient au sujet de la confiance qu'il avait eue dans les promesses qui lui avaient été faites, et sa teneur prouve qu'il n'était pas le seul à croire ces promesses fondées.

Élysée-National, 8 mai 1849.

« Mon cher général,

« La nouvelle télégraphique qui annonce la résis-
« tance imprévue que vous avez rencontrée sous les
« murs de Rome m'a vivement peiné. *J'espérais, vous*
« *le savez, que les habitants de Rome*, ouvrant les yeux
« à l'évidence, *recevraient avec empressement une ar-*
« *mée* qui venait accomplir chez eux une mission bien-
« veillante et désintéressée. *Il en a été autrement.* Nos
« soldats ont été reçus en ennemis ; notre honneur mi-
« litaire est engagé ; je ne souffrirai pas qu'il reçoive
« aucune atteinte. Les renforts ne vous manqueront
« pas. Dites à vos soldats que j'apprécie leur bravoure,
« que je partage leurs peines, et qu'ils pourront tou-
« jours compter sur mon appui et sur ma reconnais-
« sance.

« Recevez, mon cher général, l'assurance de mes
« sentiments de haute estime.

« LOUIS-NAPOLÉON-BONAPARTE. »

Le général Oudinot établit son camp à Castel-Guido, à quelques lieues de Rome, et attendit ces renforts et une nouvelle attaque, qu'on se garda bien de tenter en plaine. Nous parlions tout à l'heure du manque d'artillerie, et nous nous souvenons qu'un officier de l'expédition nous a raconté un fait assez singulier. La marine, dans son empressement, avait embarqué les pièces, mais elle avait oublié les affûts, de sorte que, pendant près d'un mois, les canons restèrent étendus sur l'herbe, en attendant qu'ils pussent être montés.

Dans l'affaire du 1er mai, le général Oudinot donna bravement de sa personne, comme toujours, et un de ses frères, qui servait auprès de lui comme officier d'ordonnance, fut blessé à ses côtés. Aussitôt que la nouvelle en fut connue à Paris, un autre frère du général sollicita l'honneur de partir, et partit aussitôt pour remplacer celui qui avait été atteint par l'ennemi ; car on dirait que le poëte latin avait deviné cette héroïque famille, quand il écrivait : *Uno avulso, non deficit alter.*

L'échec du 1er mai fut réparé aussitôt que le général put reprendre l'offensive. Il eut d'abord à se dégager de l'action de cette diplomatie cauteleuse qui entrave toujours l'action militaire, nette et franche de sa nature. L'envoyé de la république, M. de Lesseps, avait conclu une convention qui, faisant passer l'armée sous les fourches caudines, lui donnait des cantonnements *hors de Rome*, quand elle était venue, au contraire, pour en chasser la révolution. Le général Oudinot se rappela le mot de Kléber dans une situation semblable :

« Soldats, disait le vainqueur d'Héliopolis, on ne répond à de telles insolences que par la victoire ! » Il déchira le traité, dénonça les hostilités, et enleva le 3 juin la villa Panfili, défendue par de nombreuses barricades et par vingt mille hommes. L'élan de nos soldats fut admirable ; les troupes furent sur pied depuis deux heures du matin jusqu'à six heures du soir ; elles enlevèrent des positions réputées inexpugnables. A dix heures du matin, l'attaque était terminée, et le reste de la journée fut employé à savoir qui resterait maître de la villa Panfili, de l'église San-Pancrazio, d'un vaste édifice, du château Corsini et d'une grande ferme qui en dépendait. Tous les efforts des Romains furent inutiles. Toutes ces importantes positions nous demeurèrent, ainsi que deux cents prisonniers, dont dix officiers, trois drapeaux (ceux-là étaient réellement pris) et un caisson de deux cent mille cartouches.

« Dans cette journée, dit la *Gazette du Midi*, le général Oudinot faillit être emporté par un boulet au moment où on allait fusiller deux paysans qui, par des chemins creux, portaient une charretée de fascines et de fagots pour gabionner certaines barricades. Il s'était arrêté en revenant de la villa Santucci, son quartier-général, pour s'informer du fait. Un boulet romain tua un buffle de l'attelage et ricocha aux pieds du général qui en fut couvert de terre. Le général ne perdit pas son sang-froid ; il ordonna d'épargner la vie des deux paysans et continua sa ronde d'inspection. »

Le 21 juin, un assaut fut donné à deux bastions, et

il réussit. Le 30 eut lieu l'assaut décisif. Nos soldats emportèrent deux des principaux points de l'enceinte ennemie, quoique les obstacles fussent accumulés sur leurs pas, et qu'ils eussent sur un point à défiler un à un sous les feux croisés des Romains, pour prendre pied sur le terre-plein, gagner du terrain, élargir le passage et faire venir des travailleurs.

Nous dominions la ville. La défense ne pouvait plus être prolongée, et l'Assemblée constituante romaine dut proclamer sa défaite.

Ainsi que l'écrivait un officier supérieur : « Le siége de Rome fut long, parce qu'on ne s'attendait pas à en faire un et que rien n'avait été préparé en conséquence ; parce qu'il faut, pour investir une place, une force triple de la garnison ; que cette garnison était de trente mille hommes et que nous n'en avions que vingt mille ; parce que le matériel de siége était d'une insuffisance notoire, et que ce fut par des envois successifs que l'on reçut seulement les pièces de gros calibre indispensables ; enfin, les bandits que nous avions à combattre, et qui se sont très-bien battus, se faisaient des remparts de tous les monuments, de tous les musées qu'ils n'avaient aucun intérêt à conserver, mais qu'ils savaient très-bien que nous ne voulions pas détruire ; et effectivement nous n'avons pas écorné une brique ni une pierre d'aucun des monuments de l'antiquité. »

Et cet officier disait vrai ; car il a été constaté par une enquête solennelle que les dégâts causés par le canon français se sont élevés à peine à 300 écus romains (1,620 francs), tandis que c'est par centaines de mille francs qu'il faut compter les dévastations ordonnées par la République romaine. Une seule frise du Capitole fut atteinte par un boulet, et la largeur du dégât était à peine d'un demi-mètre.

Ainsi, valeur, intelligence, respect des monuments, sagesse et modération dans la victoire, voilà les qualités qui dérivaient du caractère du général Oudinot, et qu'il a constamment mises en pratique.

La reddition de Rome, si promptement obtenue après l'assaut du 30 juin, fut causée par un incident particulier. Une bombe tomba au milieu de l'Assemblée Constituante et y causa une panique qui fit céder les opposants les plus obstinés. On savait où l'Assemblée siégeait, et le général avait désigné ce point à l'habileté de nos artilleurs.

Le général fit son entrée à Rome le 3 juillet, au milieu des acclamations et des cris de joie d'une population heureuse d'être rendue à ses sentiments naturels. La République agonisante essaya un dernier rôle. Quelques coups de sifflet partirent d'un café sur le passage des troupes. — Messieurs, dit le général en souriant à son état-major, ceci est une affaire de cravaches ; qui de vous veut s'en charger? — Dix officiers partirent au petit galop, et cette émeute d'enfants disparut devant cette simple démonstration.

Aussitôt son installation faite, le général Oudinot chargea le colonel (aujourd'hui maréchal) Niel, de porter au Saint-Père les clefs de la Ville-Éternelle. Le Pape reçut le colonel avec effusion, le combla personnellement, et lui remit pour le général une lettre de laquelle nous extrayons les passages suivants :

« Monsieur le général,

« La valeur bien connue des armes françaises, sou-
« tenue par la justice de la cause qu'elles défendaient,
« a recueilli le fruit dû à de telles armes : la victoire.
« Acceptez, Monsieur le général, mes félicitations
« pour la part principale qui vous est due dans ces
« événements ; félicitations, non pas pour le sang ré-
« pandu, ce que mon cœur abhorre, mais pour le
« triomphe de l'ordre sur l'anarchie, pour la liberté
« rendue aux personnes honnêtes et chrétiennes, pour
« lesquelles ce ne sera plus désormais un crime de
« jouir des biens que Dieu leur a départis, et de
« l'adorer avec la pompe religieuse du culte, sans
« courir le danger de perdre la vie ou la liberté...
« M. le colonel Niel, qui, avec votre dépêche très-
« honorée, m'a présenté les clefs d'une des portes de
« Rome, vous remettra la présente. C'est avec beau-
« coup de satisfaction que je profite de cet intermé-
« diaire pour vous exprimer mes sentiments d'affection
« paternelle, et l'assurance des prières que j'adresse
« continuellement au Seigneur pour vous, pour l'ar-
« mée française, pour le gouvernement et pour toute
« la France. »

Le dimanche suivant, 8 juillet, anniversaire longtemps cher à la France, le général Oudinot alla en pompe à l'église Saint-Louis-des-Français pour rendre grâces à Dieu du succès de nos armes, et, le 15 juillet, jour de la Saint-Henri, il proclama solennellement la restauration du Saint-Père. Le drapeau pontifical fut solennellement arboré sur le château Saint-Ange et salué par le canon. Quand le général arriva à Saint-Pierre, au milieu des acclamations accompagnées des cris de : *Evviva Pio Nono !* il fut séparé malgré lui de son cortége, enlevé de dessus son cheval et porté à bras jusque sous la grande porte du saint édifice. Harangué par monseigneur Marini à son arrivée, il répondit en soldat et en chrétien. Un autre discours lui ayant été adressé après le *Te Deum* par S. E. le cardinal Tosti, sa réponse fut également noble, modeste et touchante.

« Éminence, disait-il, en personnifiant en moi l'armée que je commande, vous me rendez un insigne honneur, mais vous m'attribuez une part trop importante dans un événement accompli. Le rétablissement du pouvoir temporel du Saint-Père est l'œuvre de toute la France. Nous, soldats, nous n'avons été que les instruments d'une cause sainte et généreuse. C'est à notre gouvernement que doit être renvoyé tout le mérite, et à la protection de la divine Providence le bon succès de cette entreprise.....

« En relevant aujourd'hui le drapeau pontifical sur le fort Saint-Ange, nous ne faisons que satisfaire vos vœux particuliers et ceux du monde catholique entier. Je dois ajouter que nous nous sommes dévoués avec bonheur à l'accomplissement de ce devoir.....

« Vous avez dit, Éminence, que les dévastations qui ont désolé Rome doivent être attribuées au génie destructeur de vos persécuteurs. Grâces vous soient rendues. Ce témoignage si juste et si impartial me fait battre le cœur plus que je ne saurais le dire. On ne saura peut-être jamais tout ce que nous avons souffert à la pensée que les exigences de la guerre pouvaient entraîner avec elles la destruction des monuments séculaires. Dans l'intention de les préserver, nous avons ralenti nos opérations et retardé un résultat qu'il importait tant d'obtenir. »

Tandis qu'en France la nouvelle de cette heureuse conclusion était reçue avec transport, Rome comblait d'honneurs bien mérités son illustre libérateur. Elle lui donnait le titre de citoyen romain, avec les honneurs du patriciat, et ce titre est transmissible à ses enfants mâles à perpétuité. Une plaque de marbre incrustée au Capitole, témoigne de la reconnaissance des Romains, et annonce qu'une médaille (1) sera frappée pour attester les sentiments du peuple envers l'auteur de la paix, envers celui qui a conservé ses vieux monuments. Son buste est placé au Capitole, au milieu de ceux des grands capitaines de l'antiquité. Une épée d'honneur lui fut en outre votée (2), et le

(1) Cette médaille porte pour exergue : *Urbem expugnare coactus civium et artium incolumitati consuluit.* A. MDCCCXLIX.

(2) Cette épée porte autour de la coquille, l'inscription suivante :

Saint-Père lui conféra la grand'croix de son ordre de Pie IX. Le roi des Deux-Siciles, qui était à Naples quand le général alla à Gaëte pour offrir ses respects au Pape, voulut lui rendre un honneur souverain. Il s'embarqua sur un vapeur, et arriva à Gaëte, pour recevoir le vainqueur de Rome, comme s'il s'agissait de l'un de ses frères. Là il lui remit la grand'croix de l'ordre de Saint-Janvier, le premier du royaume, en ajoutant :

« Des liens bien puissants vous attachent aux Romains; vous êtes leur concitoyen par le vœu national, mais vous êtes aussi notre compatriote.

« Si je ne vous remets pas des lettres de naturalisation napolitaine, c'est que votre père les a conquises avec son bâton de maréchal en 1809. Depuis cette époque, le duc de Reggio occupe une place considérable, un rang très-élevé dans le royaume des Deux-Siciles; vos titres personnels ont obtenu une nouvelle consécration en 1848. »

La part de la France officielle se borna à la plaque de grand-officier de la Légion d'honneur. Le général était commandeur depuis vingt-neuf ans!

Le décret qui lui décernait cette décoration, englobée dans celles accordées à l'armée, était accompagné de la lettre suivante :

Al generale Oudinot, duca di Reggio, gli amici dell'Ordine, in Roma, agosto MDCCCXLIX.

Élysée-National, le 14 juillet 1849.

« Mon cher général,

« Je suis heureux de pouvoir vous féliciter du ré-
« sultat que vous avez obtenu.

« En entrant à Rome, malgré la vive résistance de
« ceux qui s'y défendaient, vous avez maintenu le
« prestige qui s'attache à notre drapeau.

« Je vous prie de faire connaître aux généraux qui
« sont sous vos ordres, et aux troupes en général,
« combien j'ai admiré leur persévérance et leur cou-
« rage.

« Les récompenses que vous porte votre aide de
« camp sont bien méritées, et je regrette de ne pas
« pouvoir les remettre moi-même.

« J'espère que l'état sanitaire de notre armée se
« maintiendra aussi bon qu'il l'est aujourd'hui, et que
« bientôt vous pourrez revenir en France avec honneur
« pour nos armes et avec bénéfice pour notre influence
« en Italie.

« Recevez, mon cher général, l'assurance de mes
« sentiments d'estime et d'amitié.

« Louis-Napoléon Bonaparte. »

Un hommage éclatant fut rendu au général Oudinot par une de nos grandes illustrations militaires, très-compétente pour apprécier les difficultés surmontées :

« Mon cher général, lui écrivait le maréchal Dode

de la Brunerie, le 26 août 1849, j'ai souvent eu l'occasion de répéter, pendant le cours de vos opérations devant Rome, que je n'avais jamais vu dans ma longue carrière militaire un général en chef aux prises avec une situation si compliquée et si difficile sous tous les points de vue qui s'y rattachaient; c'est vous dire combien j'apprécie les hautes qualités que vous avez eu à déployer pour en sortir aussi glorieusement, et j'ajoute si promptement. L'insuffisance des moyens dont vous disposiez, eu égard à la nature des obstacles à vaincre, les ménagements impérieusement commandés en face de la capitale du monde chrétien et d'une immense population subissant le terrorisme le plus humiliant, les complications de la diplomatie s'ingérant dans la direction des opérations militaires les plus délicates à poursuivre, tout cela formait un faisceau de difficultés que votre sagacité, votre prudence et votre énergie vous ont permis de surmonter.

« J'aime à croire que les trois généraux sous vos ordres, animés du même esprit que celui de leur général en chef, vous ont efficacement secondé; et j'ai vu avec une bien vive satisfaction que le corps du génie, auquel je tiens toujours par le cœur et par la reconnaissance, avait eu sa bonne part dans les glorieux épisodes qui ont signalé le siége de Rome.

« Ces pensées et ces sentiments, ce n'est pas seulement à vous que je les confie, mon cher général, j'ai eu l'occasion de les exprimer au Président de la République..... Au temps où nous vivons, et plus que jamais, l'esprit de parti dénature tout et pervertit tout; ce n'est pas, à mes yeux, une des moindres gloires de notre jeune armée d'avoir marché, comme toujours, sous le drapeau du devoir et de l'honneur, sans se laisser troubler par ces clameurs révolutionnaires qui ont tenté de l'ébranler et ont produit de si funestes résultats chez d'autres nations. Je veux dire que, fort de votre conscience, heureux d'avoir accompli la mission qui vous était confiée, vous ne devez point tenir compte des appréciations erronées ou injustes dont l'expédition de Rome a pu être l'objet dans certaines publications ou de la part d'une certaine catégorie de personnes. A mesure qu'on s'élève, mon cher général, il faut s'attendre aux rivalités ou aux jalousies : on n'a de mérite qu'à cette condition.

« C'est ce sentiment de noble indignation qu'exprimait le général Bonaparte lorsqu'en nous quittant en Égypte, il écrivait dans ses instructions à son successeur, le général Kléber, cette phrase que j'ai eu occasion quelquefois de rappeler : « Accoutumé à ne voir que dans l'opinion de la postérité la récompense des peines et des travaux de la vie, je quitte l'Égypte à regret. »

Quelque temps après, le maréchal Dode de la Brunerie mourait, et un écrivain distingué, auteur d'une *Histoire de la Révolution de Rome*, M. Alphonse Balleydier, présentait, dans les termes suivants, le général Oudinot comme légitime héritier de celui qui l'avait si bien loué.

« La mort qui vient de moissonner l'un des plus

nobles lauriers de l'Empire, en frappant le maréchal Dode, a réduit le cadre des maréchaux au-dessous de la limite fixée pour le temps de paix, par l'article premier de la loi du 4 août 1849, sur l'état-major-général.

« En apprenant le triste événement qui enlève à la France un de ses plus dignes enfants, Paris, après avoir donné un regret à la mémoire de l'illustre mort, a jeté les yeux sur le vainqueur de Rome, comme appelé par droit de justice et de récompense nationale, à recueillir l'héritage militaire du maréchal Dode.

« Aux yeux de l'Europe et du monde catholique, la France a contracté une dette d'honneur et de reconnaissance envers le général Oudinot. Le moment de l'acquitter est venu ; nul n'est plus digne que le duc de Reggio de combler la lacune qui existe aujourd'hui dans le cadre des maréchaux.

« Le bâton de maréchal, revient impérieusement à celui qui, avec son épée victorieuse, a naguère écrit son nom avec celui de la France sur l'une des plus belles pages de notre histoire militaire.

« Si la reconnaissance est la vertu des individus, elle est la justice des nations.

« La France ne sera pas ingrate ! »

Cet appel ne fut pas entendu. La dette de la France ne fut pas payée.

Avant de revenir en France, le général Oudinot avait rendu un nouveau service à son pays. Il avait obtenu du Pape que Sa Sainteté viendrait se mettre à

Castel-Gandolfo, au milieu de notre armée, à laquelle il aurait donné ainsi un témoignage de bonté et de reconnaissance. De Castel-Gandolfo à Rome, il n'y a que quatorze milles, et le général pensait que le Saint-Père cèderait aux cris de son peuple et se laisserait entraîner au Vatican. La lettre du Président de la République à M. Edgard Ney, mit obstacle à ces bonnes dispositions, et le Pape, au lieu de venir aux portes de Rome, se retira à Portici. Son retour fut ajourné.

En rentrant en France, le duc de Reggio, acclamé partout avec enthousiasme, fut à Lyon l'objet d'une ovation éclatante. Lyon, la ville catholique et française par excellence, ne pouvait manquer à ce devoir, en présence d'une gloire si pure. Mais elle n'entendit pas se borner à une démonstration qui s'éteint le lendemain du jour où elle est née ; elle voulut en consacrer le souvenir durable par un hommage qui, offert au général Oudinot comme expression de sa gratitude, était destiné à rester dans sa famille et à y rappeler à la fois le triomphe ajouté aux plus grands triomphes de la France, et l'immense service rendu au catholicisme tout entier. Lyon décida qu'une souscription nationale serait ouverte dans son sein, que toutes les classes seraient appelées à y concourir, et que le produit en serait affecté à faire confectionner une épée d'honneur destinée au vainqueur de Rome. Cette souscription eut ce caractère touchant, que l'obole de l'ouvrier s'y mêla aux offrandes du riche. Il fallait un chef-d'œuvre, et le chef-d'œuvre se fit. Il fallait un artiste d'élan et d'inspiration, et Lyon le trouva parmi ses enfants. Trois ans de travail et de persévérance furent nécessaires pour amener à bien ce chef-d'œuvre vraiment monumental.

On y remarque les armes de Rome et la façade de Saint-Jean-de-Latran, qui symbolisent le service rendu, et les armes de Lyon et la façade de la cathédrale de cette ville, qui expriment la reconnaissance; un médaillon de Pie IX est en regard du médaillon du général; au-dessous duquel sont émaillées, à la naissance de la lame, les armes de celui qu'il représente (1).

Lorsque cette épée fut remise au général Oudinot, il remercia la Commission par les paroles suivantes, trop remarquables pour ne pas être rapportées :

« Vous venez, Messieurs, avec autant d'autorité « que de bienveillance, de donner une nouvelle et « puissante consécration à des faits incontestables, « mais dont tout le mérite revient à la Providence.

« C'est elle qui, en 1848, m'a permis de combattre « avec succès, à la tête de l'armée des Alpes, les pas- « sions anarchiques, alors si menaçantes pour notre « belle patrie.

« C'est elle qui, l'année suivante, a daigné faire de

(1) Les inscriptions dédicatoires sont :

D'un côté : *Clarissimo Duci Oudinot, titulo Rhegiensi, Roma expugnata, Prid. Kal. Jul. Anno dni MDCCCXLIX.*

Et de l'autre : ✝ *Fidei Christiani,* ✝ *Genio Ducis,* ✝ *Virtuti Militis.*

« moi l'instrument de ses desseins pour l'accomplisse-« ment d'une grande œuvre.

« Ce dernier événement, objet de toutes vos sym-« pathies, a été, vous le savez, très-diversement jugé. « Il y a des hommes qui qualifient de crime politique « le rétablissement de l'autorité temporelle du Saint-« Siége. Ce crime, je l'ai commis, car je n'ai jamais « partagé avec personne la responsabilité du comman-« dement, et je m'en suis glorifié, alors qu'il y avait « peut-être quelque témérité à braver la violence des « partis.

« Au moment de la reddition de Rome, la ville de « Lyon a voulu donner, par voie de souscription na-« tionale, un témoignage éclatant d'estime au général « en chef de l'armée des Alpes et de l'armée d'Italie.

« Cet appel a été entendu. Je reçois aujourd'hui « avec bonheur, comme un patrimoine commun à mes « compagnons d'armes, l'épée lyonnaise. Placée en « regard des glorieux insignes de mon père et à côté « de l'épée qui m'a été décernée par la ville de Rome, « elle ne charmera pas seulement la vue, elle offrira « de sérieux enseignements.

« Oui, ce merveilleux chef-d'œuvre artistique est « aussi une éloquente page d'histoire ; il constate une « fois de plus que la justice et la vérité sont impérissa-« bles en France.

« Fier de votre suffrage, Messieurs, heureux d'une « récompense qui met le comble à mon ambition de « soldat et de catholique, je ne saurais trouver d'ex-« pressions pour rendre la reconnaissance dont je suis

« pénétré pour la généreuse initiative de la ville de « Lyon. Mais j'ai besoin de déclarer que le nom de « Messieurs les souscripteurs sera, sans cesse, présent « à ma pensée, cher à mon souvenir et gravé dans mon « cœur. »

Le duc de Reggio, rentré à Paris, reprit modestement sa place à la Chambre des représentants. C'était comme la suite des traditions du pays qu'il venait de quitter, où après avoir sauvé Rome, le vainqueur déposait ses pouvoirs et se confondait parmi les sénateurs. Le 4 mars 1851, il fut nommé grand'croix de la Légion d'honneur. Le 2 décembre suivant, il faisait partie des représentants rassemblés à la mairie du 10e arrondissement, et fut nommé, par cette assemblée, général en chef chargé de commander les forces destinées à la protéger. Arrêté avec la réunion, il fut conduit à la caserne du quai d'Orsay, et de là transféré au mont Valérien, avec le général de Lauriston, son ancien camarade des pages, son ancien frère d'armes, et que leur double mariage avait faits parents.

Mis en liberté le 12 décembre, il recevait les embrassements de sa femme et de son fils et les témoignages de sympathie de ses nombreux amis, lorsque le *Moniteur* du jour lui apporta le décret suivant :

« *Au nom du Peuple français,*

« Le Président de la République,

« Vu la loi du 4 août 1849 sur l'état-major de l'armée ;

« Vu l'arrêté du 11 mai 1849, qui avait investi le général de division Vaillant des pouvoirs nécessaires pour prendre le commandement en chef du corps expéditionnaire de la Méditerranée :

« Considérant que, par un sentiment de délicatesse, cet officier s'est abstenu d'user de ses pouvoirs pour s'attribuer officiellement les prérogatives du commandement en chef qui lui avait été confié, mais que néanmoins il a dirigé notoirement les opérations du siége de Rome et assuré le succès de l'expédition ;

« Considérant que le général Vaillant a accompli un fait d'armes éclatant, qui, suivant l'esprit de la loi, le met en position d'être élevé à la dignité de maréchal de France ;

« Considérant les éminents services rendus à l'armée pendant le cours de sa carrière militaire ;

« Sur le rapport du ministre de la guerre,

« Décrète :

« Le général Vaillant (Jean-Baptiste-Hilaire), est élevé à la dignité de maréchal de France.

« Le ministre de la guerre est chargé de l'exécution du présent décret.

« Fait à l'Élysée-National, le 11 décembre 1851.

« LOUIS-NAPOLÉON BONAPARTE.

« A. DE SAINT-ARNAUD. »

Le général Oudinot fit remettre sur-le-champ, au

Président de la République, la protestation suivante, dont il envoya le double au ministre de la guerre :

« Monsieur le Président,

« J'apprends à l'instant, par le *Moniteur*, l'élévation du général Vaillant à la dignité de maréchal.

« Au nom de l'honneur, au nom de la vérité, je proteste, avec toute l'énergie d'une conscience sans peur et sans reproche, contre les « *considérants* » de cette nomination.

« Je suis, etc. »

Quelques mois plus tard, le général Oudinot crut devoir consulter, sur ce grave incident, M. Odilon Barrot. Lorsque le général avait reçu le commandement en chef du corps expéditionnaire de la Méditerranée, M. Odilon Barrot était président du conseil des ministres, chef d'un cabinet responsable, aux termes de la Constitution de 1848, et, par conséquent, le personnage qui avait le plus qualité pour répondre aux questions que lui posait le général, ce qu'il fit par la lettre suivante :

« Général,

« J'ai enfin pu réunir ceux de mes anciens collègues qui se trouvent à Paris, et leur ai soumis les questions que vous me faites l'honneur de m'adresser dans votre lettre du 12 de ce mois.

« Leur réponse unanime est que les mesures auxquelles se réfèrent ces questions ayant été toutes délibérées en conseil, et les règles les plus élémentaires du gouvernement leur prescrivant la réserve la plus absolue à l'égard de ces délibérations, ils manqueraient à un devoir de haute convenance gouvernementale s'ils sortaient de cette réserve. Il est bien vrai que, dans un document officiel, le décret portant nomination du maréchal Vaillant, le chef de l'État a cru devoir porter à la connaissance du public des ordres qui devaient rester secrets jusqu'au jour où l'éventualité pour laquelle ils avaient été donnés viendrait à se réaliser. Mais nous ne nous croyons pas pour cela relevés du devoir de discrétion qui nous est imposé sur tous les autres points de nos délibérations.

« Quant à ce fait des lettres de commandement données au général Vaillant, il résulte du fait lui-même qu'elles étaient conditionnelles, et que, si le général n'a pas pris le commandement de l'armée, c'est que la condition pour laquelle il lui avait été éventuellement donné ne s'est pas réalisée. La mission du général Bedeau a été rendue publique, et il est de notoriété que cette mission avait été déterminée par la nécessité impérieuse faite au gouvernement de presser la prise de Rome, événement qui s'est heureusement accompli avant que le général ait quitté la France.

« A cette réponse officielle, et par conséquent réservée, je suis heureux de joindre l'expression de mes sentiments personnels et de pouvoir rendre ce témoignage que, dans toutes les circonstances de votre vie publique, et il en est de très-grandes dans lesquelles nous nous sommes rencontrés : le 24 février, l'expédition de Rome et le 2 décembre, vous vous êtes montré essentiellement homme du devoir, sacrifiant toute considération personnelle aux intérêts du pays, comme aussi aux lois de la morale et de l'honneur. Quand on mérite à un si haut degré que vous, général, un tel témoignage de tous les gens de bien, on peut y puiser de nobles consolations et une légitime fierté.

« Recevez, général, l'assurance de ma haute considération.

« ODILON BARROT,

« Ancien président du conseil des ministres (1). »

Nous ne ferons aucunes réflexions sur ces pièces ; elles naissent d'elles-mêmes.

Depuis cet événement, le général Oudinot, toujours aimé, honoré et considéré, vécut dans la retraite jusqu'au 7 juillet dernier, où il rendit son âme à Dieu.

Au moment de sa mort, et en le prenant à l'époque où il entra dans les pages (25 décembre 1805), sans lui tenir compte de la campagne de Zurich, il comptait soixante-six ans deux mois dix jours de services, campagnes comprises, et soixante-douze ans d'âge. Sa carrière fut aussi bien remplie que celle de Villars, auquel il ressemblait sous plus d'un point.

Ses campagnes étaient celles de 1809 (Wagram), 1810 et 1811 (Espagne et Portugal), 1812, Russie

(1) Ces Documents se trouvent dans l'*Histoire de l'Expédition de Rome*, déjà citée et publiée en 1860, pages 445 à 448.

(Moskowa), 1813, Grande-Armée (Dresde, Leipsick et Hanovre), 1814, France (Montmirail et Craone), 1835, Afrique (Mascara), 1849, Italie (Rome).

Il fut écuyer-cavalcadour du roi en 1820, gentilhomme d'ambassade à Londres en 1821, député en 1842, réélu en 1846, membre de l'Assemblée constituante en 1848, membre de l'Assemblée législative en 1849 (nommé par les départements de Maine-et-Loire et de la Meuse, il opta pour la Meuse), et patricien romain par décret du 12 septembre 1849. Il était en outre bourgeois héréditaire de Neuchâtel, honneur conféré en 1806 à son père, en souvenir de sa bonne administration, et d'autant plus précieux qu'on fut un instant arrêté par la Constitution, qui ne permettait pas d'accorder ces droits à un catholique; mais on passa outre.

Il franchit tous les degrés de la Légion d'honneur, depuis le grade de chevalier jusqu'à celui de grand'croix; chacune de ces étapes était marquée par un brillant fait d'armes; il fut chevalier et commandeur de l'ordre de Saint-Louis, de cet ordre, juste objet de l'ambition et des regrets de l'armée, et en 1814 il avait reçu la croix de la Réunion, ordre qui, créé à propos de l'incorporation de la Hollande à l'empire, disparut quand la Hollande recouvra son indépendance.

Ses décorations étrangères étaient la grand'croix de l'ordre de Pie IX, celle de Saint-Janvier et la première classe (en diamants) de l'ordre de Nichani-Istikar de Tunis, qui lui avait été conférée en 1847.

Comte sous l'Empire, en vertu du décret de 1808, comme fils aîné d'un duc, il devint marquis sous la Restauration, par l'assimilation de la nouvelle noblesse à l'ancienne, œuvre sagement politique de Louis XVIII; mais lorsque les autres fils des maréchaux faisaient dériver leur titre de celui de leurs pères, par un juste sentiment de fierté et de piété filiales, il ne voulut jamais être que le marquis Oudinot. Il prit le titre de duc de Reggio à la mort de son père, en 1847.

Écrivain élégant et facile, mais toujours renfermé dans la pratique des questions qui concernaient l'armée ou qui avaient trait à ce qui l'intéressait, on lui doit les ouvrages suivants :

Considérations sur les Ordres de saint Louis et du Mérite militaire; Aperçu historique sur la dignité de maréchal de France; De l'Italie et de ses forces militaires; Considérations sur l'emploi des troupes aux grands travaux d'utilité publique; de la Cavalerie et du casernement des troupes à cheval; des Remontes de l'armée, de leurs rapports avec l'administration des haras; *Expédition de Mascara* (1835); *Abd-el-Kader et la province d'Oran* (1838); *Abd-el-Kader et l'Algérie* (1839).

Le général Oudinot avait la sévérité et l'inflexibilité que demandent le commandement militaire; mais il y joignait, après la remontrance, une paternité qui effaçait la douleur et lui conciliait l'affection générale. Il était l'ami et le protecteur de tous ceux qui avaient servi sous ses ordres, et dont il se rappelait les services. Partout où il a passé, il a laissé des souvenirs ineffaçables. Il ne fut pas seulement un bon soldat, un digne et noble général, il fut toujours l'homme du devoir et de la discipline. La mort est la conclusion inévitable de ce drame qu'on appelle la vie humaine. Beaucoup, une fois morts, disparaissent du souvenir; la mémoire du général Oudinot ne vivra pas seulement dans le cœur de sa famille, de ses amis, elle vivra parmi tous ceux qui, en France, ont le sentiment national, et pour qui cette mort est un véritable deuil. Cette mort retentira au loin. La douleur publique sera partagée là où les douleurs de la France sont toujours ressenties, et Rome, par un honneur inusité, Rome que le général Oudinot a arrachée aux Barbares, Rome qu'il a sauvée, Rome qu'il a rendue au monde catholique, était présente à ses funérailles, dans la personne du vénérable représentant du Saint-Père; et Rome s'est unie à la France pour réciter les dernières prières sur ce cercueil, qui renfermait tant de gloire! Plus tard, par un sentiment de gratitude, Rome a prié pour le général Oudinot dans la Ville Eternelle, où tout rappelle son triomphe, à la fois militaire et chrétien.

Rien n'a manqué à ces obsèques, rien de tout ce qui constitue les pompes humaines, rien que le bâton de maréchal. Mais si grande que soit cette dignité quand on la possède, elle est dépassée encore, quand on ne la possède pas matériellement, par l'honneur de l'avoir méritée.

Le général Oudinot, duc de Reggio, laisse un fils, héritier de son titre, et un petit-fils; l'un qui est, l'autre qui, en grandissant, sera également digne de la lourde responsabilité qui leur incombe à tous deux. Un dernier hommage devait couronner une vie si bien remplie, et il a été rendu par cette voix sainte qui, lorsqu'elle se fait entendre, adoucit la douleur et la console en la bénissant. Le duc de Reggio actuel, ayant respectueusement notifié au Saint-Père la mort du général, a reçu la réponse suivante :

Pius P. P. IX.

Dilecte Fili nobilis vir salutem et apostolicam benedictionem. Maximo nobis dolori fuit allatum tuis literis nuncium mortis egregii genitoris tui, cujus fidem, pietatem, et constantiam perspectam habuimus multis præclarisque argumentis. Quæ vir fortissimus strenue gessit, ut urbem hanc principem catholici orbis e manibus perditorum hominum eriperet, et apostolicæ sedi restitueret talibus sunt historiæ consignata monumentis, ut nulla possint oblivione deleri. Curavimus plane, ut testimonio publico memoria Ducis religiosissimi honestaretur, simulque illius anima piis juvaretur suffragiis; verum tantum nos illi debere existimamus, quantum persolvere difficile sit. Sic enim in arduis rebus gerendis mandatum sibi creditum est exequutus, ut vim vi repellere coactus sanctitati recuperandæ urbis, et innocentium incolumitati consuleret. Confidimus itaque fore ut amplissima laborum merces illum in cœlis maneat; quæ dum cogitas, ut mærorem temperes hortamur, *nec doleas* (ut Hieronymi vocibus utamur) *quod talem amiseris; sed gaudeas quod talem habueris.* Eadem porro charitate, qua virum lectissimum prosequuti sumus, et familiam ejus amplectimur; cujus rei signum indubium apostolicam benedictionem tibi, parenti optimæ, tuisque omnibus peramenter impertimur.

Datum Romæ, apud S. Petrum die 25 julii 1863.

Pontificatus nostri anno XVIII.

Pius P. P. IX.

TRADUCTION.

Pie IX Pape.

Fils bien-aimé et homme noble, salut et bénédiction apostolique.

La nouvelle de la mort de votre illustre père, que vous nous avez apprise, a été pour nous le sujet d'une bien grande douleur, lui dont nous avons pu connaître et apprécier par nous-même la foi, la piété et la fermeté dans les circonstances les plus honorables pour sa mémoire.

Tout ce que cet éminent capitaine a déployé de génie et de valeur pour arracher des mains d'hommes pervers, et rendre au Siége apostolique cette ville, la capitale du monde catholique, est consigné dans un si grand nombre des plus beaux monuments de l'histoire, que le souvenir ne pourra en être effacé dans la postérité même la plus reculée. Nous avons, à la vérité, mis tous nos soins et notre empressement à honorer par un témoignage public la mémoire d'un général aussi religieux, et à accorder à sa belle âme le secours des prières de l'Église et des âmes pieuses en particulier; mais nous reconnaissons volontiers lui être si redevable, que nous regardons comme bien difficile de pouvoir entièrement nous acquitter envers lui. Car malgré les nombreuses difficultés dont était hérissée l'honorable mission qui lui avait été confiée, il s'en est tiré avec tant de sagesse, de prudence et de valeur, que tout en étant obligé de repousser la force par la force, il prenait toutes les mesures nécessaires à la sainteté de la ville dont il était obligé de s'emparer et il veillait à la sûreté des citoyens innocents. Nous avons donc une pleine confiance qu'une magnifique récompense lui est réservée dans le ciel, pour ses efforts, ses fatigues et ses travaux. Dans cette douce pensée, qui doit sans cesse être présente à votre esprit, nous vous exhortons, cher fils, à modérer votre douleur, et pour emprunter ici les paroles de saint Jérôme, nous vous disons : *Ne pleurez pas d'avoir perdu un si bon père; réjouissez-vous plutôt d'avoir eu un tel père.* De notre côté, nous reportons volontiers sur toute sa famille l'affection que nous avions pour un homme aussi distingué, et comme gage assuré de ces sentiments, nous vous accordons dans l'effusion de notre cœur à vous, cher fils, à votre excellente mère et à tous les vôtres, notre bénédiction apostolique.

Donné à Rome, auprès de Saint-Pierre, le 25 juillet 1863 et la XVIIIe année de notre pontificat.

PIE IX, PAPE.

Après l'expression des regrets du Père commun des fidèles, la parole humaine doit se taire ! sa tâche est finie.

BIBLIOTHÈQUE IMPÉRIALE IMPR.

FIN.

PARIS
IMPRIMERIE DE L. TINTERLIN ET C[e]
Rue Neuve-des-Bons-Enfants, 3

www.ingramcontent.com/pod-product-compliance
Ingram Content Group UK Ltd.
Pitfield, Milton Keynes, MK11 3LW, UK
UKHW021014200726
13857UKWH00004B/1451

9 782012 956520